果麦文化 出品

# 《诗经》就是用来画的

某天，孔夫子独自一人站在院子里。

站那儿干什么呢？

不知道，也许是想问题。

哲学家，总是喜欢沉思。

他的儿子孔鲤趋而过庭。

趋，就是小步快走，表示恭敬。

老爷子却叫住了他，问："学诗了吗？"

孔鲤答："还没有。"

老爷子便说："不学诗， 无以言。"

听了这后来叫作"庭训"的父亲的教诲，孔鲤退回去学诗。

诗，就是我们现在说的《诗经》。

这事大了。

不学《诗经》，就不会说话？

当然会的，只是读过《诗经》的，说话特高级。

南朝刘义庆《世说新语·文学》篇说，东汉经学家郑玄家的奴婢全都知书达理、满腹经纶。有次，郑玄觉得某婢女办事不力，盛怒之下不听她解释，便叫人把她拽到庭院中的泥地里。恰好另外一位婢女走来，就奇怪地问：

胡为乎泥中？

这是《诗经·邶风·式微》中的句子。

意思是：你怎么站在泥地里？

那婢女便答：

薄言往愬，逢彼之怒。

这是《诗经·邶风·柏舟》中的句子。

意思是：我倒想说清楚，偏偏他在火头上。

大家看，这样说话，是不是特别文雅？

可惜，现代人没法学。比方说挨了老师或者领导的训，小伙伴来问，总不能也答“薄言往愬，逢彼之怒”或者“我心匪石，不可转也”吧？

但，不能用，却可以读，更可以画。

看了胡永凯先生创作的《诗经》诗意图，相信大家会认同这观点。那些诗确实是画面感极强，生动鲜活的，在胡永凯先生的笔下更是趣味盎然。为了便于和帮助理解，我也对这些诗做了意译，目的是得其意而不拘泥于文字。胡先生的画也不是图解，毋宁说是现代意义上的追溯，表现意义上的再现。

诸位喜欢吗？

要不要也画一幅？

易中天

2020 年 9 月 16 日

# 目录

## 风

## 雅



## 颂

《诗》三百，一言以蔽之，曰『思无邪』。

——孔子

風

# 周南 關雎

# 周南[○] · 关雎

男孩思念女孩之歌。

水鸟儿放声歌唱，
天天在那沙洲上。
好姑娘温柔漂亮，
时时在我心坎上。

荇菜儿荇菜儿短短长长，
左一把右一把采个满筐。
好姑娘好姑娘温柔漂亮，
害得我害得我朝思暮想。

想着你没有商量，
追不上心里发慌。
我的夜那样漫长，
睁着眼直到天亮。

荇菜儿荇菜儿短短长长，
左一把右一把采个满筐。
好姑娘好姑娘温柔漂亮，
弹起琴敲起鼓听我歌唱。

●
《周南》：周公统治下南方地区的民歌。

詩經周南之關雎
胡永凱筆

关关睢鸠，在河之洲。
窈窕淑女，君子好逑。

参差荇菜，左右流之。
窈窕淑女，寤寐求之。

求之不得，寤寐思服。
悠哉悠哉，辗转反侧。

参差荇菜，左右采之。
窈窕淑女，琴瑟友之。

参差荇菜，左右芼之。
窈窕淑女，钟鼓乐之。

关关：形容水鸟的和鸣声。| 窈窕（yǎo tiǎo）：娴静美好的样子。| 好逑：好的配偶。
寤寐（wù mèi）：醒来和睡着。| 思服：思念。| 芼（mào）：择。

# 周南卷耳

周南 卷耳

# 周南·卷耳

怀人之歌。
想念谁？众说纷纭，不必拘泥。

卷耳啊又嫩又香，
老半天采不满筐。
想着他意乱心慌，
菜篮子丢在路旁。

走啊走来到高地，
我的马双腿战栗。
拿起那青铜酒器，
但愿我不再哭泣。

走啊走登上山冈，
我的马病病殃殃。
牛角杯倒满酒浆，
但愿我不再悲伤。

走啊走登上山坳，
我的马已经累倒。
仆人也筋疲力尽，
这哀愁何时是了？

采采卷耳，不盈顷筐。
嗟我怀人，寘彼周行。

陟彼崔嵬，我马虺隤。
我姑酌彼金罍，维以不永怀。

陟彼高冈，我马玄黄。
我姑酌彼兕觥，维以不永伤。

陟彼砠矣，我马瘏矣。
我仆痡矣，云何吁矣！

顷筐：前低后高的斜口筐。| 寘（zhì）：通“置”，舍也。| 周行：大道。
陟（zhì）：登高。| 虺隤（huī tuí）：腿脚软弱无力的样子。| 金罍（léi）：青铜制酒器。
兕觥（sì gōng）：犀牛角制酒器。| 砠（jū）：有土的石山。| 瘏（tú）：因劳累致病。
痡（pū）：疲困不能前行。

周南桃夭

# 周南·桃夭

送嫁之歌。

桃花吐露芳华，
开满枝枝丫丫。
这个姑娘要出嫁，
愿你到个好人家。

桃树百态千姿，
枝头挂满果实。
这个姑娘要出嫁，
愿你过上好日子。

桃林青春靓丽，
叶儿那么茂密。
这个姑娘要出嫁，
愿你称心如意。

周南
桃夭

桃之夭夭，灼灼其华。
之子于归，宜其室家。

桃之夭夭，有蕡其实。
之子于归，宜其家室。

桃之夭夭，其叶蓁蓁。
之子于归，宜其家人。

夭夭：形容春天桃树茂盛、有生气的样子。| 华（huā）：通“花”。| 之子：这个姑娘。
于归：出嫁。| 蕡（fén）：形容成熟果实红白相间的纹理。| 蓁（zhēn）蓁：叶子茂盛。

# 周南 麟之趾

# 周南·麟之趾

赞颂贤明领导人之歌。
传说中，麒麟是一种仁兽。

麒麟的蹄子不踢人。
诚实厚道的公子啊，
你就像那麒麟，
啊，麒麟！

麒麟的额头不抵人。
诚实厚道的公孙啊，
你就像那麒麟，
啊，麒麟！

麒麟的双角不伤人。
诚实厚道的公族啊，
你就像那麒麟，
啊，麒麟！

周南麟之趾
胡永凯

麟之趾，
振振公子，
于嗟麟兮。

麟之定，
振振公姓，
于嗟麟兮。

麟之角，
振振公族，
于嗟麟兮！

趾：足，麒麟的蹄。| 振（zhēn）振：诚实仁厚的样子。或解为纷飞散落。
公子：与后文公姓、公族皆指贵族子孙。| 定："顶"之假借，即额。

# 召南 草蟲

詩経召南之草蟲
胡永凯画

# 召南[°] · 草虫

女孩热恋之歌。

你这欢叫的虫虫，
你这蹦跳的东东。
看不见他，
我忧心忡忡。
见到他了，
抱住他了，
我的心这才放松。

登上南边的山坡，
那里的野菜很多。
看不见他，
我魂不守舍。
见到他了，
抱住他了，
我的心这才平和。

登上南边的山冈，
采些野豌豆尝尝。
看不见他，
我暗自忧伤。
见到他了，
抱住他了，
我的心这才安放。

° 《召（shào）南》：召公奭统治下南方地域的民歌。

喓喓草虫，趯趯阜螽。
未见君子，忧心忡忡。
亦既见止，亦既觏止，我心则降！

陟彼南山，言采其蕨。
未见君子，忧心惙惙。
亦既见止，亦既觏止，我心则说！

陟彼南山，言采其薇。
未见君子，我心伤悲。
亦既见止，亦既觏止，我心则夷！

喓（yāo）喓：虫鸣声。| 趯（tì）趯：跳跃的样子。| 阜螽（fù zhōng）：蚱蜢。
觏（gòu）：遇见。| 夷：平，心情平静。

召南摽有梅

# 召南·摽有梅

女孩盼情郎尽快迎娶之歌。
这首诗热情奔放，大胆火辣。
原作有三段，层层递进，越来越急。
译文并为一段，以加强节奏感。

熟了的梅子往下掉，

枝头只剩六七成。

熟了的梅子往下掉，

枝头只剩二三成。

熟了的梅子往下掉，

枝头一个都不剩。

你要求婚就快点来，

磨磨蹭蹭急死个人。

召南 摽有梅

摽有梅，其实七兮！
求我庶士，迨其吉兮！

摽有梅，其实三兮！
求我庶士，迨其今兮！

摽有梅，顷筐塈之！
求我庶士，迨其谓之！

●
摽（biào）：打落。或坠落。｜其实七兮：树上还有七成。｜庶士：众位青年。
迨其吉兮：趁这美好时光。｜塈（jì）：取。｜谓：表白。

# 邶風 擊鼓

## 邶风[○]·击鼓

远征士兵厌战思归之歌。
歌中“死生契阔，与子成说；
执子之手，与子偕老”是千古名句。

战鼓震天响，

将士举刀枪。

他们筑城墙，

我却去南方。

跟着公孙子仲，

平定陈国与宋。

胜利了却不让回家，

可知道我心中的苦痛？

● 《邶（bèi）风》：邶地的歌谣。

何处安顿何时罢？

在哪丢了我的马？

哪里又能找到它？

在那林中大树下。

生离死别，

与你盟约。

紧紧握住你的手，

我们相爱到永久。

啊，啊！这样的离别，

害我不能双飞如蝶！

啊，啊！这样的远行，

害我不能信守盟约！

迎風擊鼓
胡永凱

击鼓其镗，踊跃用兵。
土国城漕，我独南行。

从孙子仲，平陈与宋。
不我以归，忧心有忡。

爰居爰处？爰丧其马？
于以求之？于林之下。

死生契阔，与子成说。
执子之手，与子偕老。

于嗟阔兮，不我活兮。
于嗟洵兮，不我信兮。

镗（tāng）：鼓声。| 漕：卫国地名。| 孙子仲：卫国将军。
不我以归："不以我归"的倒装，不让我回去。| 爰（yuán）：何处。
契阔：聚散。| 洵：久远。

# 邶風 雄雉

# 邶风·雄雉

远征士兵之妻思念丈夫之歌。
歌中“不忮不求，何用不臧”是名句。

雄山鸡空中飞翔，
慢慢地张开翅膀。
我那个朝思暮想，
他与我天各一方。

雄山鸡空中飞翔，
哗啦啦发出声响。
我那个夫君情郎，
你让我寸断柔肠。

盼星星，盼月亮，
心上人，在远方。
都说道路很漫长，
何时才能归故乡？

说什么谦谦君子，
岂能够不知天良？
不忌恨，守本分，
哪有事情不吉祥？

雄雉于飞，泄泄其羽。
我之怀矣，自诒伊阻。

雄雉于飞，下上其音。
展矣君子，实劳我心。

瞻彼日月，悠悠我思。
道之云远，曷云能来？

百尔君子，不知德行？
不忮不求，何用不臧？

泄（yì）泄：缓飞的样子。| 自诒（yí）伊阻：自讨忧愁。| 展：诚实。| 云：语助词。曷：何时。| 百尔：你们众位。| 忮（zhì）：忌恨。| 臧（zāng）：善。

# 邶風 靜女

# 邶风·静女

男孩与女孩约会，久等不来，却得到意外惊喜。

文文静静的你，

那样美丽，那样美丽！

我在城角等了半天，

你在哪里，你在哪里？

原来你悄悄躲起，

你真可以，你真可以！

这个东东是送给我的吗？

快快收起，快快收起！

谢谢你专门去了野地，

满心欢喜，满心欢喜！

送我什么没有关系，

只要是你，只要是你！

詩經邶風之静女

静女其姝，俟我于城隅。
爱而不见，搔首踟蹰。

静女其娈，贻我彤管。
彤管有炜，说怿女美。

自牧归荑，洵美且异。
匪女之为美，美人之贻。

爱：隐藏。| 踟蹰（chí chú）：徘徊不去。| 娈：年轻美丽。| 贻（yí）：赠。| 炜：光泽。说怿：喜悦。| 牧：野外。| 归：同“馈”，赠。| 洵：实在。| 女（rǔ）：同“汝”，你。

# 鄘风 相鼠

鄘風 相鼠

# 鄘风°·相鼠

痛斥无耻之徒。

看看那老鼠吧，
也还有张鼠皮。
你明明是个人，
却居然没有威仪。
是个人却没威仪，
活着还有啥意义？

看看那老鼠吧，
也还有口牙齿。
你明明是个人，
却居然没有廉耻。
是个人却没廉耻，
活着还有啥意思？

看看那老鼠吧，
也还有它肢体。
你明明是个人，
却居然不知遵礼。
是个人却不遵礼，
那你还不快去死？
快去！快去！快去！

°《鄘（yōng）风》：鄘地的歌谣。

相°鼠有皮，人而无仪°。
人而无仪，不死何为？

相鼠有齿，人而无止°。
人而无止，不死何俟？

相鼠有体，人而无礼。
人而无礼，胡不遄°死？

相（xiàng）：看。| 仪：威仪。| 止：礼节，廉耻。| 遄（chuán）：速。

# 衛風有狐

# 卫风[○]·有狐

女孩爱上了穷小子。

小狐狸不慌不忙，

找朋友在那桥梁。

心肝肝我的情郎，

可怜他没有衣裳。

小狐狸不急不快，

找朋友在那水寨。

心肝肝我的最爱，

可怜他没有腰带。

小狐狸不紧不慢，

找朋友在那河岸。

心肝肝我的伙伴，

他没有衣服可换。

●
《卫风》：卫地的歌谣。

衛風 有狐

有狐绥绥○，在彼淇梁○。
心之忧矣，之子无裳。

有狐绥绥，在彼淇厉○。
心之忧矣，之子无带。

有狐绥绥，在彼淇侧。
心之忧矣，之子无服。

●
绥（suí）绥：从容独行的样子。｜淇梁：淇水上的桥梁。｜厉：深水可涉处。

# 衛風 木瓜

# 卫风 · 木瓜

男女定情之歌。

你送我一个木瓜，
我赠以白玉无瑕。
这可不是回报啊，
是为了青春年华。

你送我一只鲜桃，
我赠以稀世琼瑶。
这可不是回报啊，
是为了相爱到老。

你送我一颗甜李，
我赠以黑色美琪。
这可不是回报啊，
是为了永不分离。

衛風 木瓜

投我以木瓜，报之以琼琚○。

匪报也，永以为好也。

投我以木桃，报之以琼瑶○。

匪报也，永以为好也。

投我以木李，报之以琼玖○。

匪报也，永以为好也。

●

琼琚：佩玉。| 琼瑶：美玉。| 琼玖：浅黑色玉石。

# 王風大車

## 王风°·大车

女孩求爱之歌。这首诗热情奔放，大胆火辣。因此译为民歌体，以便更好地体现那种情感。

牛车款款，

毛衣软软。

我想约会，

怕你不敢！

牛车缓缓，

毛衣展展。

我想私奔，

怕你不敢！

活着不能睡一床，

死了也要同一房！

你要问我真与假，

看那天上红太阳！

●《王风》：东都王城一带的歌谣。

玉風大車

徐凱

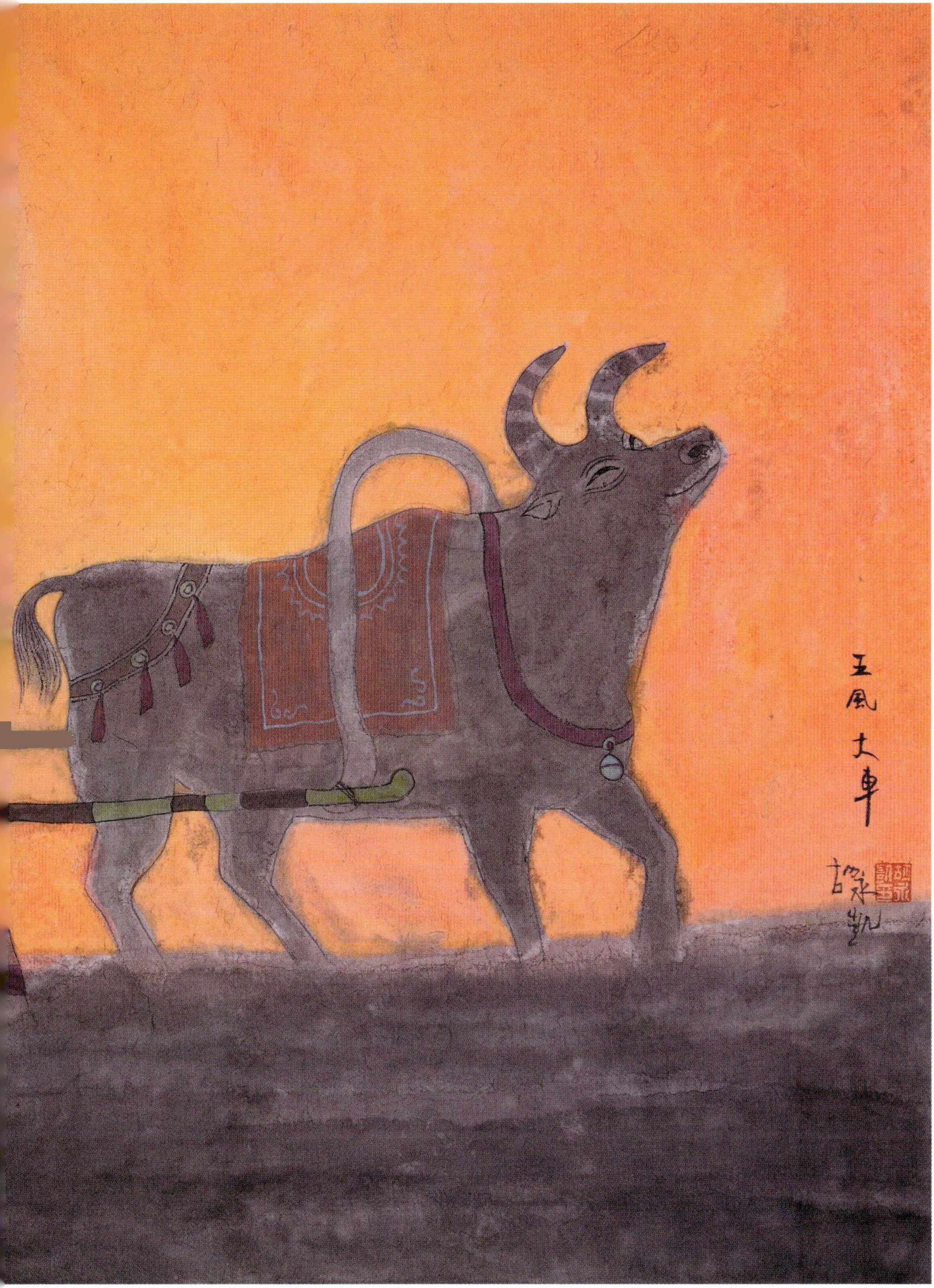

大车槛槛，毳衣如菼。
岂不尔思？畏子不敢。

大车哼哼，毳衣如璊。
岂不尔思？畏子不奔。

穀则异室，死则同穴。
谓予不信，有如皦日！

槛（kǎn）槛：车轮响声。｜毳（cuì）：兽毛。｜菼（tǎn）：初生荻苇，形容嫩绿色。
尔思：即思尔。｜哼（tūn）哼：滞缓的样子。｜璊（mén）：赤玉色。
穀（gǔ）：通“谷”，引申为“生”。｜皦：同“皎”，光亮。

# 鄭風 有女同車

鄭風 有女同車
胡永凱

# 郑风[○] · 有女同车

男子一见钟情之歌。
原文“舜华”和“舜英”都指木槿，这里为了押韵改为海棠。

有个女孩跟我同车，

她的脸蛋就像海棠。

身体轻盈似要翱翔，

神采飞扬佩玉琳琅。

她就是老姜家的姑娘，

真的文雅美丽又大方。

有个女孩跟我同行，

她的脸蛋就像木槿。

身体鸟儿般轻盈，

佩玉响起来又那么好听。

她就是老姜家的千金，

我怎么都忘不了她的声音。

●
《郑风》：郑地的歌谣。

有女同车，颜如舜华。
将翱将翔，佩玉琼琚。
彼美孟姜，洵美且都。

有女同行，颜如舜英。
将翱将翔，佩玉将将。
彼美孟姜，德音不忘。

孟姜：本意姜姓长女，泛指美女。| 都：娴雅。| 将（qiāng）将：即锵锵。

# 鄭風　山有扶蘇

# 郑风 · 山有扶苏

女孩与情郎的打情骂俏之歌。

山上有棵扶苏树，

池中有株玉莲花。

不见心中美男子，

撞上个欢喜俏冤家。

山上有棵不老松，

洼地一片小粉红。

不见梦中帅小伙，

撞上个顽皮人来疯。

鄭風 山有扶蘇
胡永凱

山有扶苏，隰°有荷华。

不见子都°，乃见狂且°。

山有桥松，隰有游龙°。

不见子充°，乃见狡童。

隰（xí）：洼地。| 子都、子充：美男子的统称。| 狂且（jū）：狂愚之人。| 游龙：植物名，即蓼。

# 鄭風褰裳

# 郑风·褰°裳

女孩挚爱之歌。
汉代以前没有裤子，上衣叫衣，下衣叫裳。

你要真心爱着我，
卷起下摆过河来。
你要心里没有我，
难道我还没人爱？
你这傻瓜中的傻瓜，
呆！呆！呆！

你要真心爱着我，
撩起下摆快过河。
你要心里没有我，
难道我还怕什么？
你这蠢货中的蠢货，
哥！哥！哥！

●
褰（qiān）：提起。

鄭風
褰裳

子惠思我，褰裳涉溱。
子不我思，岂无他人？
狂童之狂也且！

子惠思我，褰裳涉洧。
子不我思，岂无他士？
狂童之狂也且！

惠：爱。| 溱（zhēn）、洧（wěi）：皆为水名。| 我思：即思我。| 且：语气助词。

# 鄭風 東門之墠

# 郑风·东门之墠°

女孩单相思之歌。

东门之路，多么平坦。

栗树成行，茜草丰满。

他的家离我这么近，

他的心离我那么远。

东门之树，枝繁叶茂。

望见你家，我就心跳。

真没发现我喜欢你吗？

怎么连面都见不到？

●
墠（shàn）：平坦之地。

鄭風 東門之墠
胡永凱

东门之墠，茹藘在阪。
其室则迩，其人甚远。

东门之栗，有践家室。
岂不尔思？子不我即。

茹藘（rú lǘ）：植物名，即茜草。| 阪：坡。| 迩：近。| 栗：栗树。| 践：成行成列。| 即：就。

# 鄭風子衿

# 郑风·子衿

女孩急盼与情郎约会之歌。

青青的，是你的衣领。
悠悠的，是我的痴心。
就算我没去找你，
你就不能捎封信？

亮亮的，是你的玉佩。
长长的，是我的眼泪。
就算我没去找你，
你就不能来相会？

走过去，走过来，
城门闭，城门开。
一天见不到，
就像三个月。

鄭風 子衿

青青子衿，悠悠我心。
纵我不往，子宁不嗣音？

青青子佩，悠悠我思。
纵我不往，子宁不来？

挑兮达兮，在城阙兮。
一日不见，如三月兮。

宁（nìng）：难道。| 嗣（sì）音：传递音讯。| 挑（tāo）兮达（tà）兮：往来轻疾的样子。

# 鄭風 揚之水

## 郑风 · 扬之水

女孩向情郎表白，希望他不要听信谣言。

河水奔流不息，

冲不走捆着的荆棘。

我没有哥哥弟弟，

这世上只有我和你。

不要听别人胡言乱语，

他们都不怀好意。

河水奔腾扬波，

冲不走捆着的柴火。

我没有弟弟哥哥，

这世上只有你和我。

不要听别人七嘴八舌，

他们的话都信不得。

鄭風 揚之水

扬之水，不流束楚。
终鲜兄弟，维予与女。
无信人之言，人实迋女。

扬之水，不流束薪。
终鲜兄弟，维予二人。
无信人之言，人实不信。

扬：激扬。| 楚：荆条。| 鲜（xiǎn）：少。| 迋：通“诳”，骗。

# 鄭風溱洧

# 郑风 · 溱洧

中国情人节之歌。

溱水和洧水，

春波浩荡弥漫。

男孩和女孩，

手中拿着泽兰。

女孩说：过去看看？

男孩说：刚刚看完。

女孩说：看了也可以再看嘛！

那边又大又好玩。

于是说说笑笑往前走。

还相互赠送了芍药花。

鄭風 溱洧
詠凱

溱与洧方涣涣兮。
士与女方秉蕑兮。
女曰："观乎？"
士曰："既且。"
"且往观乎！"
洧之外洵訏且乐。
维士与女，
伊其相谑，
赠之以勺药。

溱与洧浏其清矣。
士与女殷其盈兮。
女曰："观乎？"
士曰："既且。"
"且往观乎！"
洧之外洵訏且乐。
维士与女，
伊其将谑，
赠之以勺药。

溱（zhēn）、洧（wěi）：皆为水名。｜蕑（jiān）：一种兰草。｜且（cú）：通"徂"，往。訏（xū）：大。｜谑：调笑。｜浏：水深而清。

# 齋風靈令

齊風 盧令

# 齐风°·卢令

女孩在野地里邂逅青年猎人。

那猎狗，脖子上挂着铃铛。

那猎人，又帅又有好心肠。

那猎狗，脖子上挂着套环。

那猎人，又帅又有一身胆。

那猎狗，脖子上挂着铜器。

那猎人，长得帅，还多才多艺。

●
《齐风》：齐地的歌谣。

卢令令，
其人美且仁。

卢重环，
其人美且鬈。

卢重鋂，
其人美且偲。

●
卢：猎犬。| 令令：铃声。| 鬈（quán）：勇壮。| 重鋂（méi）：一个大环套两个小环。
偲（cāi）：须多而美。或为多才。

# 魏風伐檀

# 魏风°·伐檀

讽刺不劳而获的人。
全诗共三章，同义反复，故只译一章。

坎坎坎坎，

我们伐檀。

檀树倒下，

放在河边。

河水清澈，

泛起波澜。

不耕种，不收割，

凭什么取粮三百担？

不出狩，不打猎，

凭什么院里挂猪獾？

那些公子王孙啊，

可不是白吃闲饭！

●
《魏风》：魏地的歌谣。

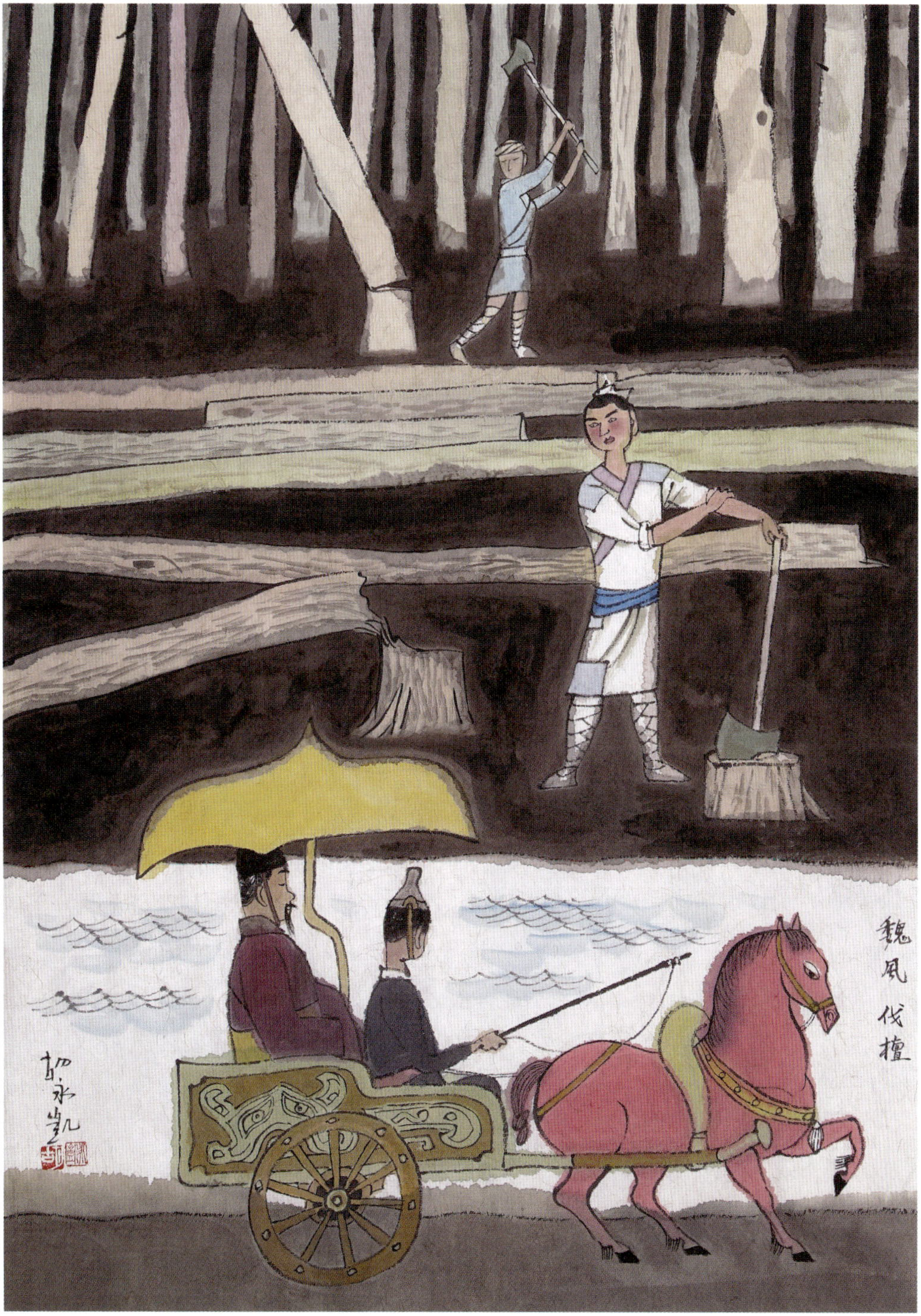
魏风 伐檀
胡永凯

坎坎伐檀兮，置之河之干兮，河水清且涟猗。
不稼不穑，胡取禾三百廛兮？
不狩不猎，胡瞻尔庭有县貆兮？
彼君子兮，不素餐兮！

坎坎伐辐兮，置之河之侧兮，河水清且直猗。
不稼不穑，胡取禾三百亿兮？
不狩不猎，胡瞻尔庭有县特兮？
彼君子兮，不素食兮！

坎坎伐轮兮，置之河之漘兮，河水清且沦猗。
不稼不穑，胡取禾三百囷兮？
不狩不猎，胡瞻尔庭有县鹑兮？
彼君子兮，不素飧兮！

坎坎：伐木声。｜干：水边。｜廛（chán）：计量单位，束。｜县：古“悬”字。貆（huān）：猪獾。｜素餐：白吃饭。｜辐：车轮的轴条。｜特：大兽。

唐風

揚之水

唐風 揚之水

# 唐风[○]·扬之水

女孩赴约恋人之歌。

河水奔腾扬波，
白石被它抚摸。
绣衣红装素裹，
跟你来到曲沃。
见了我的帅哥，
怎么能不欢乐？

河水缓缓流淌，
白石宛如秋霜。
绣衣素裹红装，
跟你来到鹄乡。
见了我的情郎，
哪里还有忧伤？

河水波光粼粼，
白石洁净清纯。
收到你捎的信，
没敢告诉他们。

● 《唐风》：唐地的歌谣。

扬之水，白石凿凿。
素衣朱襮，从子于沃。
既见君子，云何不乐？

扬之水，白石皓皓。
素衣朱绣，从子于鹄。
既见君子，云何其忧？

扬之水，白石粼粼。
我闻有命，不敢以告人。

凿凿：鲜明。| 襮（bó）：绣有黼文的衣领。| 皓皓：洁白。| 绣：刺方领绣。
鹄（hú）：同“皐”。曲沃的城邑。| 粼粼：清澈。| 命：信。

# 唐風　有杕之杜

# 唐风·有杕之杜

女孩想念情郎之歌。

孤零零一棵赤棠，
直挺挺长在路旁。
帅呆呆我的情郎，
啥时候到我身旁？

绿油油一树棠梨，
呆萌萌不辨东西。
傻乎乎那个帅哥，
啥时候给我嫁衣？

唐風
有杕之杜
胡永凯

有杕之杜，生于道左。
彼君子兮，噬肯适我？
中心好之，曷饮食之？

有杕之杜，生于道周。
彼君子兮，噬肯来游？
中心好之，曷饮食之？

杕（dì）：孤零零的样子。｜杜：杜梨。｜噬（shì）：发语词。｜适：匹配。

秦风 蒹葭

# 秦风[○] · 蒹葭[○]

男孩追求女孩之歌。

芦苇啊芦苇啊苍苍茫茫，
白露啊白露啊凝结为霜。
心里面心里面一位姑娘，
在哪里在哪里在水一方。

逆势而上去找她，
道路曲折又漫长。
顺江而下去找她，
好像又在水中央。

《秦风》：秦地的歌谣。
蒹葭：芦苇。

秦風
蒹葭

蒹葭苍苍，白露为霜。
所谓伊人，在水一方。
溯洄从之，道阻且长。
溯游从之，宛在水中央。

蒹葭萋萋，白露未晞。
所谓伊人，在水之湄。
溯洄从之，道阻且跻。
溯游从之，宛在水中坻。

蒹葭采采，白露未已。
所谓伊人，在水之涘。
溯洄从之，道阻且右。
溯游从之，宛在水中沚。

晞：干。| 湄、涘：岸边，水边。| 跻（jī）：升，这里指道路陡高。| 坻（chí）：水中小沙洲。右：不直。| 沚：水中沙滩，比坻稍大。

# 秦風 晨風

秦风 晨風
胡永凯

# 秦风·晨风

思念之歌。

鹯鹰一跃而起，

就像晨风掠过树林的茂密。

见不到你，见不到你，

我的心惆怅难已。

如何是好，如何是好，

怕只怕你把我忘记！

山上面长着白栎，

湿地里满是赤李。

见不到你，见不到你，

我的心岂能欢喜。

如何是好，如何是好，

怕只怕你把我忘记！

坡上面长着棠棣，

湿地里满是山梨。

见不到你，见不到你，

就像醉鬼不辨东西。

如何是好，如何是好，

怕只怕你把我忘记！

鴥彼晨风，郁彼北林。
未见君子，忧心钦钦。
如何如何，忘我实多！

山有苞栎，隰有六驳。
未见君子，忧心靡乐。
如何如何，忘我实多！

山有苞棣，隰有树檖。
未见君子，忧心如醉。
如何如何，忘我实多！

鴥（yù）：疾飞的样子。｜晨风：鹯鸟，似鹞鹰。｜钦钦：忧心的样子。｜苞：茂盛。六驳：树名，即梓榆。｜靡乐：不快乐。｜树檖：直立的山梨树。

# 秦风 無衣

# 秦风 · 无衣

将士们同仇敌忾之歌。

谁说我们没有衣穿？
我和你共用战袍。
君王就要出征了，
整理好我们的戈矛，
我和你同一战壕。

谁说我们没有衣穿？
我和你共用汗衫。
君王就要出征了，
整理好我们的弓箭，
我和你并肩作战。

谁说我们没有衣穿？
我和你共用军装。
君王就要出征了，
整理好我们的刀枪，
我和你同上战场。

岂曰无衣？与子同袍。
王于兴师，修我戈矛。
与子同仇。

岂曰无衣？与子同泽。
王于兴师，修我矛戟。
与子偕作。

岂曰无衣？与子同裳。
王于兴师，修我甲兵。
与子偕行。

泽：里衣。｜作：协作。｜甲兵：铠甲与兵器。

陳風　宛丘

# 陈风[○] · 宛丘

男孩暗恋跳巫舞的女孩。

你的舞姿是那样奔放，

在这宛丘的坡上。

我的爱已经满满当当，

虽然明知道没有希望。

咚咚咚敲起鼓来，

在这宛丘的低地。

不管是寒冬还是酷暑，

你总是手持白鹭的羽翼。

当当当敲起缶来，

在这宛丘的大道。

不管是寒冬还是酷暑，

你总是头戴白鹭的羽毛。

●
《陈风》：陈地的歌谣。

陳風 宛丘

子之汤兮，宛丘之上兮。

洵有情兮，而无望兮。

坎其击鼓，宛丘之下。

无冬无夏，值其鹭羽。

坎其击缶，宛丘之道。

无冬无夏，值其鹭翿。

汤（dàng）：同“荡”，放荡。｜望：希望。｜坎：击鼓声。｜值：持。缶（fǒu）：瓦器。鹭翿（dào）：舞蹈道具。

檜風

隰有萇楚

# 桧风°·隰有苌楚°

这首诗的主题，历来有多种截然不同的说法，
因此不妨看作一首作者发了感慨的风景诗。

湿地里长着猕猴桃，

枝枝蔓蔓多妖娆。

鲜嫩润泽，枝繁叶茂，

真羡慕你没有烦恼。

湿地里长着猕猴桃，

枝枝蔓蔓多妖娆。

鲜嫩润泽，枝繁叶茂，

真羡慕你没有兄嫂。

湿地里长着猕猴桃，

枝枝蔓蔓多妖娆。

鲜嫩润泽，枝繁叶茂，

真羡慕你没有家小。

《桧风》：桧地的歌谣。| 苌（cháng）楚：羊桃，即猕猴桃。

阻有
檣風蓑楚

隰有苌楚，猗傩其枝。
夭之沃沃，乐子之无知！

隰有苌楚，猗傩其华。
夭之沃沃，乐子之无家！

隰有苌楚，猗傩其实。
夭之沃沃，乐子之无室！

猗傩：同“婀娜”，轻盈柔美的样子。| 夭：少好、嫩美。| 沃沃：有光泽。| 乐：羡慕。

曹風鳲鳩

# 曹风°·鸤鸠°

这首诗的主题，历来众说纷纭。有人认为是赞美诗，也有人认为是讽刺诗，因为诗中描写的理想人物在现实生活中根本没有。

布谷鸟筑巢在桑树，
它的孩子不计其数。
德才兼备的真君子，
仪表端庄如故。
仪表端庄如故，
内心坚定专注。

布谷鸟筑巢在桑间，
它的孩子飞到梅前。
德才兼备的真君子，
他的腰带白丝边。
他的腰带白丝边，
黑皮帽子彩玉悬。

《曹风》：曹地的歌谣。| 鸤（shī）鸠：布谷鸟。

布谷鸟筑巢在桑角，
它的孩子飞向酸枣。
德才兼备的真君子，
他是那样注重仪表。
他是那样注重仪表，
他是邦国的稀世珍宝。

布谷鸟筑巢桑树上，
它的孩子东张西望。
德才兼备的真君子，
正是国人好榜样。
正是国人好榜样，
怎不祝他老当益壮！

曾風鳴鳩
胡永凱

鸤鸠在桑，其子七兮。
淑人君子，其仪一兮。
其仪一兮，心如结兮。

鸤鸠在桑，其子在梅。
淑人君子，其带伊丝。
其带伊丝，其弁伊骐。

鸤鸠在桑，其子在棘。
淑人君子，其仪不忒。
其仪不忒，正是四国。

鸤鸠在桑，其子在榛。
淑人君子，正是国人。
正是国人，胡不万年？

一：始终如一。| 结：固而不散。| 其带伊丝：带以素色缘边。| 其弁伊骐：皮弁青黑色。
忒（tè）：偏差。| 正是四国：指四方国家行事的法则。

# 豳風 狼跋

# 豳风°·狼跋°

讽刺公子王孙之歌，也有人认为是赞美诗。

大灰狼，大灰狼，

肥肥的下巴垂肉囊。

后腿踩在尾巴上，

前脚碰到赘肉旁。

好儿郎，好儿郎，

白白的皮肤裹肥肠。

镶金的红鞋多漂亮，

他的美名四海扬。

●

《豳风》：豳地的歌谣。| 跋（bá）：践，踩。

豳風
狼跋

狼跋其胡°，载°疐°其尾。
公孙硕肤°，赤舄几几°。

狼疐其尾，载跋其胡。
公孙硕肤，德音不瑕。

胡：兽颔下垂肉。| 载（zài）：又。| 疐（zhì）：被绊倒。| 硕肤：体胖的样子。
赤舄几几：言鞋之华丽。

# 雅

# 小雅鹿鳴

小雅 鹿鳴
胡永凯

# 小雅◦·鹿鸣

讽刺公子王孙之歌，也有人认为是赞美诗。

野鹿儿声声长鸣，
草地上片片青苹，
我这里满座嘉宾。
快拨动琴瑟吧，
吹起那笙。
瑟有弦，笙有簧。
好礼品，装满筐。
爱护我的人们啊，
带来了自己的好主张。
你们的品德高尚，
你们是众人榜样。
让我们快乐欢畅，
让我们共饮琼浆。
野鹿儿声声欢笑，
田野里处处青草。
美酒飘香，乐音缭绕，
我们的心儿醉了。

●
《雅》：正也，即正声雅乐。

呦呦鹿鸣，食野之苹。
我有嘉宾，鼓瑟吹笙。
吹笙鼓簧，承筐是将。
人之好我，示我周行。

呦呦鹿鸣，食野之蒿。
我有嘉宾，德音孔昭。
视民不恌，君子是则是效。
我有旨酒，嘉宾式燕以敖。

呦呦鹿鸣，食野之芩。
我有嘉宾，鼓瑟鼓琴。
鼓瑟鼓琴，和乐且湛。
我有旨酒，以燕乐嘉宾之心。

呦呦：鹿鸣声。| 孔昭：甚明。| 恌：轻佻，引申为傲慢。| 则：原则。| 效：榜样。
式燕以敖：指宴饮尽兴欢乐。| 芩（qín）：蒿类植物。| 湛（dān）：尽兴。

# 小雅鶴鳴

# 小雅 · 鹤鸣

这首诗的主题，一般都理解为劝说君王起用隐居的或者别国的人才，但“他山之石，可以攻玉”这句话，后来也有应该向他人学习，取长补短的意思。

湿地的水，蜿蜒曲折，
鹤在那里鸣叫，
声音传遍荒郊。
鱼儿潜伏在水底，
有时也到洲边逍遥。
我真心喜欢这个园子，
檀树长得那么高，
枝叶随着风儿飘。
那边山上的石头，
可以借来磨刀。

湿地的水，弯弯曲曲，
鹤在那里鸣啼，
声音传向天际。
鱼儿在洲边嬉戏，
有时也潜入水底。
我真心喜欢这个园子，
檀木是那么高大，
矮树也长了满地。
那边山上的石头，
可以借来琢玉。

小雅 鹤鸣
胡永凯

鹤鸣于九皋，声闻于野。

鱼潜在渊，或在于渚。

乐彼之园，爰有树檀，其下维萚。

他山之石，可以为错。

鹤鸣于九皋，声闻于天。

鱼在于渚，或潜在渊。

乐彼之园，爰有树檀，其下维榖。

他山之石，可以攻玉。

●

九皋（gāo）：九折之泽。| 渊：深水。| 渚：洲边浅水。| 萚（tuò）：荆属植物。| 错：琢玉用的磨刀石。| 榖（gǔ）：构树。

小雅 白駒

小雅白駒

# 小雅 · 白驹

女子思念之歌，也有说是表现别友思贤的。

你这两岁的白马，
吃我场上的豆苗。
我得拿根绳子拴起来，
留住这难忘今朝。
拴住我心的那个人啊，
又在哪里逍遥？

你这两岁的白马，
吃我场上的豆叶。
我得拿根绳子拴起来，
留住这欢乐今夜。
拴住我心的那个人啊，
又在哪里做客？

你这两岁的白马，
载着他疾驰而来。
既然贵为公侯，
何妨任意徘徊。
陪着你优哉游哉，
但愿你不要离开。

你这两岁的白马，
来到空旷的山谷。
割下了一把青草，
看那人如玉如琥。
等着你捎封信来，
别让我想得太苦。

皎皎白驹，食我场苗。
絷之维之，以永今朝。
所谓伊人，于焉逍遥？

皎皎白驹，食我场藿。
絷之维之，以永今夕。
所谓伊人，于焉嘉客？

皎皎白驹，贲然来思。
尔公尔侯，逸豫无期？
慎尔优游，勉尔遁思。

皎皎白驹，在彼空谷。
生刍一束，其人如玉。
毋金玉尔音，而有遐心。

皎皎：洁白。| 絷、维：绊、拴。| 藿：嫩叶。| 贲（bì）然：光彩的样子。| 思：语助词。逸豫：安乐。| 生刍（chú）：青草。| 金玉：作动词用，惜、吝啬。| 遐：远、生疏。

大雅

心劉

## 大雅·公刘（节选）

公刘是周族的先祖，本诗是周族的史诗，讲述了公刘为了生存发展，带领部分族人迁徙的故事。全诗较长，此处节选第一章。

啊，公刘，

淳朴厚道的公刘！

不安于现状，

不安于小康。

划清田界，

装满谷仓。

备足干粮。

背起行囊。

团结一致，

士气高昂。

干戈斧钺，

全副武装。

我们这才奔向远方。

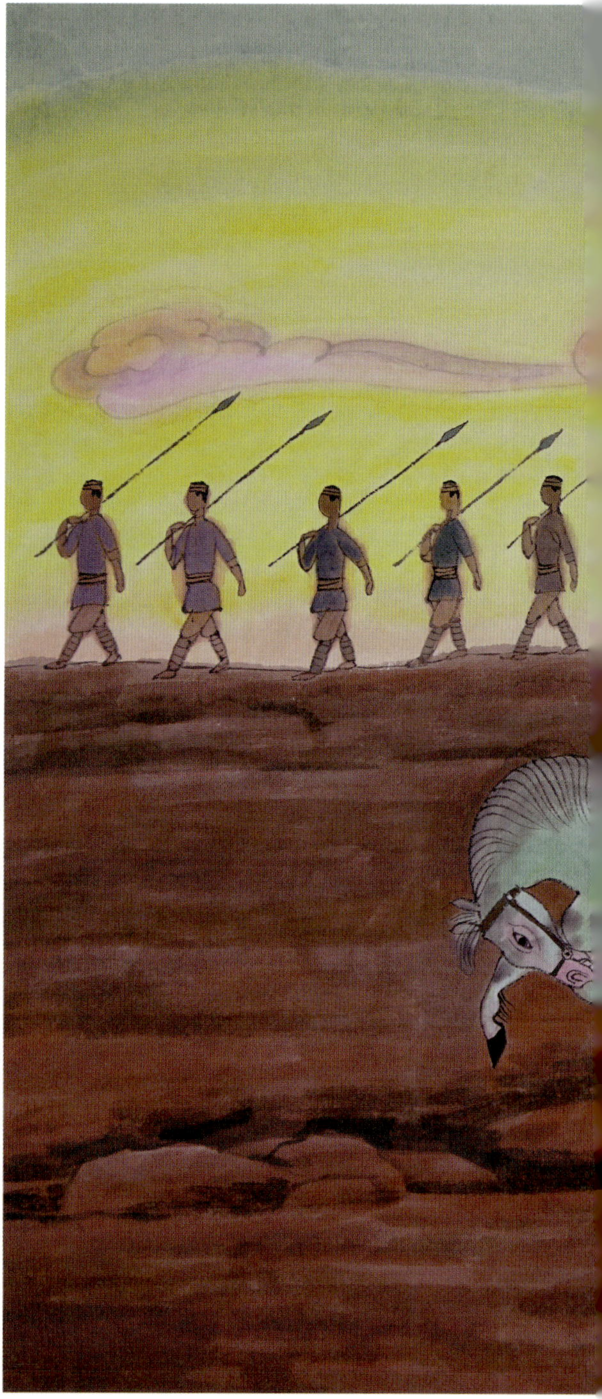

大雅 公刘

笃公刘，
匪居匪康。
乃埸乃疆，
乃积乃仓。
乃裹糇粮，
于橐于囊，
思辑用光。
弓矢斯张，
干戈戚扬，
爰方启行。

笃：厚道。或为叹词。| 埸（yì）、疆：田界、疆界。| 积、仓：露天堆粮处、粮仓。糇（hóu）粮：干粮。| 橐（tuó）、囊：袋有底曰囊，无底曰橐。| 辑：和睦。用光：以为荣光。| 张：张开。| 戚扬：斧钺。| 爰（yuán）：发语词。

# 頌

周頌我將

# 周颂[○]·我将

周王和贵族祭天并祭祀文王之歌。

你献上，我献上，
既有牛，又有羊。
老天爷，请你尝，
文王为我立典章，
日日思谋定四方。
伟大英明是文王，
站在皇天上帝旁，
看我子孙献祭忙。
不敢懈怠啊，自强！
心存敬畏啊，上苍！
永葆青春啊，周邦！

● 《颂》：用于宗庙祭祀的乐歌。

周頌
我将

我将我享，

维羊维牛，

维天其右之。

仪式刑文王之典，

日靖四方。

伊嘏文王，

既右飨之。

我其夙夜，

畏天之威，

于时保之。

将：烹。| 享：献祭。| 右：佑助。| 仪、式、刑：效法。| 靖：安定。| 伊：发语词。嘏（jiǎ）：伟大。| 飨（xiǎng）：享用。| 于时：于是。

鲁顺驹

# 鲁颂·駉

骏马之歌。

膘肥体壮的骏马，
荒野之上潇洒。
看看那些马儿吧！
黑身白腿的马，
黄中带白的马，
通体全黑的马，
红毛泛黄的马，
稳健从容把车拉。
力量无穷大。
啊！骏马，
出类拔萃的好马！

膘肥体壮的骏马，
荒野之上潇洒。
看看那些马儿吧！
苍白杂色的马，
黄白交错的马，
红而微黄的马，
青而微黑的马，
孔武有力把车拉。
力量无限大。
啊！骏马，
百里挑一的好马！

膘肥体壮的骏马，
荒野之上潇洒。
看看那些马儿吧！
青黑鳞纹的马，
白身黑鬃的马，
赤身黑鬃的马，
黑身白鬃的马，
健步如飞把车拉。
从来不拖沓。
啊！骏马，
神气十足的好马！

膘肥体壮的骏马，
荒野之上潇洒。
看看那些马儿吧！
浅黑白毛的马，
红白夹杂的马，
黑身黄脊的马，
眼圈白毛的马，
脚踏实地把车拉。
什么都不怕。
啊！骏马，
日行千里的好马！

鲁颂 駉

駉駉牡马，在坰之野。
薄言駉者，有驈有皇，
有骊有黄，以车彭彭。
思无疆，思马斯臧！

駉駉牡马，在坰之野。
薄言駉者，有骓有駓，
有骍有骐，以车伾伾。
思无期，思马斯才！

駉駉牡马，在坰之野。
薄言駉者，有驒有骆，
有骝有雒，以车绎绎。
思无斁，思马斯作！

駉駉牡马，在坰之野。
薄言駉者，有骃有騢，
有驔有鱼，以车祛祛。
思无邪，思马斯徂！

駉（jiōng）駉：马健壮的样子。| 坰（jiōng）：野外牧马之地。| 以车：用马驾车。
彭彭：马奔跑的声音。| 无疆：奔跑无止境。| 臧：善。| 伾伾：有力的样子。
无期：繁衍无止期。| 绎绎：跑得快的样子。| 无斁（yì）：厌倦。| 作：堪用。
祛（qū）祛：强健的样子。| 无邪：无边。| 徂：行。

# 商頌 玄鳥

# 商颂 · 玄鸟

殷商遗民合祭先祖之歌。

上苍命令燕子，
降下神卵生商。
殷地一片苍茫，
天意选择成汤。
征服四海之内，
册命各地贤良。
据有九州之地，
世代守土封疆。
武丁承前启后，
事业胜利辉煌。

龙旗大车十辆，

牺牲黍稷琼浆。

邦国疆域千里，

万民乐业安康。

普天之下同庆，

贡使四面八方。

来者熙熙攘攘，

黄河绕我云冈。

殷商合当受命，

天祐福寿吉祥。

商頌 玄鳥

天命玄鸟，降而生商，宅殷土芒芒。
古帝命武汤，正域彼四方。

方命厥后，奄有九有。
商之先后，受命不殆，在武丁孙子。
武丁孙子，武王靡不胜。

龙旂十乘，大糦是承。
邦畿千里，维民所止，肇域彼四海。

四海来假，来假祁祁，景员维河。
殷受命咸宜，百禄是何。

正（zhēng）：通“征”，征服。| 方：普遍。| 厥：其。| 后：各部落首领。| 奄有九有：拥有九州。
糦（chì）：黍稷。| 承：进献。| 邦畿（jī）：封畿，疆界。| 肇：开。| 来假：来朝。
景员：幅员广大。何（hè）：通“荷”，承受。

# 主要参考书

（排名不分先后）


朱熹注《诗经集传》

杨合鸣、李中华著《诗经主题辨析》 广西教育出版社 1989

周振甫译注《诗经译注》 中华书局 2002

王秀梅译注《诗经》 中华书局 2015

黎波译注《诗经》 吉林美术出版社 2015

杨合鸣译注《诗经》 崇文书局 2016

程俊英译注《诗经译注》 上海古籍出版社 2016

金启华译注《诗经全译》 凤凰出版社 2018

梁泽译注《诗经》 团结出版社 2018

李家声著《诗经全译全评》 商务印书馆国际有限公司 2019

## 胡永凯

1945 年出生于北京

曾从事美术电影及连环画、绘本创作，多次获国内外奖项

现为中国国家画院研究员，作品被国家博物馆、中国美术馆收藏

## 易中天

1947 年出生于长沙

曾在新疆工作，先后任教于武汉大学、厦门大学

现居江南某镇，潜心写作多卷本“中华史”

扫码关注

“易中天”微信公众号

诗经绘

产品经理｜刘树东

王　胥

技术编辑｜白咏明

监　　制｜贺彦军

装帧设计｜向典雄

责任印制｜刘　淼

出 品 人｜吴　畏

图书在版编目（CIP）数据

诗经绘 / 胡永凯绘；易中天译注. -- 上海：上海文艺出版社, 2021
ISBN 978-7-5321-7832-2

Ⅰ. ①诗… Ⅱ. ①胡… ②易… Ⅲ. ①古体诗 – 诗集 – 中国 – 春秋时代 ②《诗经》– 译文 ③《诗经》– 注释 Ⅳ. ①I222.2

中国版本图书馆CIP数据核字（2020）第271384号

出 版 人：毕　胜
责任编辑：陈　蕾
特约编辑：刘树东
装帧设计：向典雄

书　名：诗经绘
作　者：胡永凯 易中天
出　版：上海世纪出版集团 上海文艺出版社
地　址：上海市绍兴路7号 200020
发　行：果麦文化传媒股份有限公司
印　刷：天津丰富彩艺印刷有限公司
开　本：690mm × 880mm 1/16
印　张：11.25
插　页：4
字　数：110千字
印　次：2021年3月第1版 2021年3月第1次印刷
印　数：1—9,000
ISBN：978-7-5321-7832-2/I · 6256
定　价：98.00元